THÈSE DE LITTÉRATURE.

DE L'ÉLOQUENCE

DE

LA TRIBUNE;

PAR L. CAMARET.

Sous le despotisme, il n'y a point
de place pour l'éloquence......

M. VILLEMAIN.

PARIS,

IMPRIMERIE ET FONDERIE DE FAIN, RUE RACINE, No. 4.

PLACE DE L'ODÉON.

1831.

DE L'ÉLOQUENCE

DE

LA TRIBUNE.

Sous le despotisme, il n'y a point
de place pour l'éloquence......
M. Villemain.

L'éloquence est le don le plus puissant et le plus noble que la nature ait fait à l'homme. Par elle l'orateur domine tout ce qui l'environne, maîtrise les passions et la volonté de ses auditeurs, impose silence à leur raison, et devient l'arbitre des destinées de son pays; par elle il sait ranimer à propos dans l'âme de ses concitoyens l'amour de la patrie et de la gloire. C'est par l'éloquence de la tribune que Périclès gouverna les Athéniens pendant quarante ans; que Démosthène fit trembler au sein de sa redoutable phalange l'ennemi commun de la Grèce; que Cicéron sauva Rome des fureurs de Catilina, et mérita le nom de père de la patrie.

I.

L'histoire de l'éloquence de la tribune est l'histoire de la liberté politique des peuples. Elle n'offre, il est vrai, que de courts intervalles de grandeur et de puissance; mais du moins les souvenirs qu'elle nous retrace sont purs et sans mélanges, car « il n'y a point de place pour elle sous le despotisme. » Silencieuse aux époques d'oppression et de servitude, elle retrouve son éclat et son énergie, dès que la liberté, son inséparable compagne, reparaît au milieu des nations. La tribune, qui fut muette pendant tant de siècles, s'est relevée de nos jours plus digne de notre admiration et de nos hommages. A Rome, dans Athènes, l'orateur parlait au nom de l'intérêt national : son patriotisme était égoïste. La voix de l'orateur moderne s'adresse à toute l'humanité : elle franchit la frontière, et retentit aux extrémités du monde civilisé qu'elle appelle à cette association, long-temps le rêve des hommes de bien, aujourd'hui le vœu des hommes éclairés. Cette voix, malgré la garde qui veille aux barrières des palais, se fait entendre aux souverains, et les avertit que le temps est venu de se préparer aux nouvelles destinées réservées à un avenir prochain, et de consacrer l'alliance des rois et des peuples par l'alliance de la monarchie et de la liberté. Ainsi l'éloquence de la tribune, s'identifiant avec les lois et la morale des nations, marche à son but par des voies diverses, et impose à l'homme éloquent des devoirs, des études et un langage qui varient comme la forme inconstante des sociétés.

Voyons donc ce que fut l'art oratoire à Athènes, à Rome ; ce qu'il est dans nos gouvernemens constitutionnels ; et, après avoir cherché dans la vie des grands orateurs de l'antiquité des modèles d'éloquence, d'héroïsme et de dévouement, examinons les connaissances, les qualités que réclament de l'orateur moderne les intérêts de son pays et l'amour de l'humanité.

Athènes avait acquis un nom glorieux et redoutable sous l'administration des Cimon, des Miltiade, des Aristide, des Thémistocle. Périclès vint le premier lui révéler une puissance inconnue jusqu'alors, celle de la parole. Doué d'un génie supérieur, disciple d'Anaxagore, qui lui avait enseigné la philosophie et la connaissance du cœur humain, il savait convaincre ; il apprit, à l'école d'une femme célèbre, l'art de plaire et de séduire. Pendant quarante ans il captiva l'inconstance de la multitude, et fut maître des trésors, des troupes et des flottes d'Athènes. Il dut un empire aussi extraordinaire à cette éloquence qui lui fit donner le surnom d'Olympien. Comme un autre Jupiter, a dit un écrivain, au seul son de sa voix il ébranlait la Grèce, et foudroyait toutes les puissances conjurées contre sa république.

L'exemple et les éclatans succès de Périclès avaient excité l'émulation des jeunes Athéniens. La tribune devint la route des honneurs et du pouvoir. Les sophistes ouvrirent des écoles : la jeunesse courut y chercher les secrets de l'éloquence, et n'y trouva souvent que l'erreur et le talent d'abuser de la parole. C'en était fait peut-être de l'art oratoire à Athènes, sans le langage si simple et si touchant du plus sage des philosophes. Socrate, dont la raison et les sarcasmes poursuivaient sans relâche les rhéteurs, montra la vanité de leurs doctrines et l'absurdité de leur enseignement. Platon, digne élève d'un si grand maître, initia ses disciples aux nobles inspirations du génie : les sophistes parlaient à l'esprit qu'ils égaraient dans l'obscur dédale de leurs systèmes ; Platon parlait à l'âme, et lui révélait ce que la philosophie a de plus religieux et de plus élevé. Platon fut le maître de Démosthène, et peut revendiquer une partie de la gloire dont se couvrira ce grand orateur dans la lutte qui va s'engager.

Pendant que les Athéniens s'endormaient dans une trompeuse sécurité, le souverain d'un petit royaume, un prince méprisé de ces fiers républicains qui l'appelaient barbare, préparait en secret l'asservissement de la Grèce. Son habileté, ses trésors et sa phalange lui promettaient un triomphe facile. Ce n'était plus, en effet, la Grèce des Cimon, des Miltiade, des Thémistocle. Les Athéniens surtout, Démosthène lui-même nous l'apprend, avaient bien dégénéré du courage et de la vertu de leurs ancêtres ; ils avaient à leur solde des troupes étrangères qu'ils envoyaient contre les ennemis. Pour eux, enfermés dans leur ville, ils étaient occupés de jeux et de spectacles. Philippe ne l'ignorait pas, et il s'en réjouissait. Pouvait-il prévoir qu'un seul homme, « plus redoutable que

» toutes les flottes, ferait la garde sur les rem-
» parts, tandis que les citoyens se livreraient au
» sommeil [1]? » Cet homme était Démosthène.

Disciple du rhéteur Isée, dont le style énergique, concis et clair, convenait aux débats de la tribune, il avait surtout puisé à l'école de Platon cette ardeur pour la vérité, ces pensées généreuses, ces inspirations de l'âme, sans lesquelles on n'est point éloquent.

« Envain la nature, jalouse de sa gloire, lui re-
» fuse ces talens extérieurs, cette éloquence
» muette, cette autorité visible qui surprend l'âme
» des auditeurs, et qui attire leurs vœux, avant
» que l'orateur ait mérité leurs suffrages [2]. » En vain ce peuple, dont l'esprit est si vif et si péné-trant, les oreilles si fines et si délicates, *teretes et religiosæ*, (Cic.), s'obstine à ne pas l'écouter ; il cherche la solitude, et se livre, dans la retraite la plus profonde, à un travail et à des exercices qu'on a de la peine à comprendre de nos jours : et bientôt il reparaît en maître à cette tribune, d'où il avait été repoussé par des huées et par des murmures. Tantôt il s'indigne, s'irrite et maudit les flatteurs : tantôt il loue avec adresse, souvent il rappelle aux Athéniens la gloire de leurs aïeux, à qui le roi de Macédoine obéissait comme un barbare doit obéir à des Grecs : il blâme leur indolence, réveille leur orgueil et leur courage. C'est un athlète préparé

[1] Antipater.
[2] D'Aguesseau.

à la lutte, et jamais athlète ne combattit avec plus de dévouement et de persévérance.

Philippe s'avance jusqu'aux Thermopyles : Athènes est menacée; la consternation est générale; la plupart des orateurs, vendus au Macédonien, gardent le silence; les autres n'osent donner des conseils, ni proposer des décrets dont ils redoutent la responsabilité. Démosthène monte à la tribune et rassure les esprits. On lève des troupes, on équippe une flotte, et l'ennemi s'arrête.

La prise d'Élatée réduit une seconde fois les Athéniens au désespoir. Une ligue est nécessaire avec les Thébains qui sont attachés au roi de Macédoine par la crainte et par la reconnaissance. Démosthène court à Thèbes : il évoque le souvenir d'Épaminondas, et les Thébains prennent les armes. « Son éloquence, dit Théopompe, souffla » dans leur cœur comme un vent impétueux, et » y ralluma l'amour de la liberté avec tant d'ar- » deur, que, transportés par une espèce d'enthou- » siasme et de fureur, ils coururent aux armes, » et marchèrent avec audace contre le commun » tyran de la Grèce; crainte, reflexion, politique, » prudence, tout est oublié. »

Démosthène n'eut pas seulement à repousser l'ennemi d'Athènes et de la Grèce. La haine et l'envie lui suscitèrent au sein même de sa patrie un adversaire redoutable. Eschine, d'abord maître d'école, puis greffier, acteur, ministre et philosophe, avait reçu de la nature les dons les plus précieux, une voix éclatante et sonore, une déclamation brillante, une heureuse facilité, beaucoup de capacité et de pénétration ; en un mot, le fils d'Athromète était un rival digne de Démosthène. L'attaque fut éloquente et vive. La réponse de Démosthène est un chef-d'œuvre qu'on ne se lasse point de lire et d'admirer. Jamais la vertu et le génie n'avaient parlé un langage aussi énergique et aussi sublime. Eschine succomba ; mais sa défaite ne fut pas sans gloire.

Démosthène lui-même fut bientôt obligé de quitter cette patrie qu'il chérissait, et de s'éloigner de cette tribune témoin de tant de succès et de gloire. Il vivait dans l'exil, lorsqu'il apprit la mort d'Alexandre. Il abandonna sa retraite, parcourut la Grèce ; et, communiquant partout son enthousiasme, il réussit à former une ligue qui fut anéantie à Cranon. C'était le dernier effort de la liberté expirante.

Démosthène avait revu sa patrie au milieu des applaudissemens et des acclamations de ses concitoyens. Il ne jouit pas long-temps d'un triomphe qui lui avait fait oublier les tourmens de l'exil. Condamné à mort, il se réfugia dans l'île de Calaurie : il y fut poursuivi et découvert dans le temple de Neptune. Comme on le pressait de se fier à la clémence d'Antipater : Non, dit-il, je ne devrai jamais rien au tyran de ma patrie. Et déjà le poison circulait dans ses veines, le moment fatal approchait : Vous pouvez, ajouta-t-il, emporter mon cadavre ; Démosthène est hors de votre puissance.

Tel fut le sort de ce grand homme, dont la vie avait été consacrée à la défense de la liberté et de l'honneur de son pays. Il porta l'éloquence au plus haut degré de perfection, et exerça sur l'esprit de ses concitoyens un ascendant irrésistible. Il le devait moins peut-être à la force de son génie, à l'étendue de son savoir, à l'impétuosité de sa parole, qu'à l'élévation de son caractère, à la constance de ses efforts, à sa conscience, à cet attachement pour la vertu que Platon savait inspirer à ses disciples. « C'est dans le sein de la sagesse » qu'il avait puisé cette politique hardie et généreuse, cette liberté intrépide, cet amour invincible de la patrie [1]. »

Démosthène fut éloquent et homme de bien, *vir bonus, dicendi peritus* : ces deux qualités étaient alors inséparables. L'art oratoire était une profession honorable qui conduisait aux premières charges de la république. On y parvenait en gagnant les suffrages et la confiance du peuple, dont le pouvoir était immense. Administration des finances, négociations, ambassades, le mérite pouvait prétendre à tout. Orateur et ministre étaient deux mots synonymes. Après la chute du gouvernement démocratique, si favorable au talent de la parole, les Grecs, a dit un écrivain, sous l'empire des étrangers furent comme une nouvelle nation vendue à la volupté et à la mollesse. L'éloquence devait périr avec la liberté. « Un homme né dans

[1] D'Aguesseau.

» l'esclavage est capable des autres sciences ; mais
» il ne peut jamais devenir orateur ; car un esprit
» abattu, et comme dompté par la servitude, n'a
» pas le courage de s'élever à quelque chose de
» grand : tout ce qu'il pourrait avoir de vigueur
» s'évapore, et il demeure comme enchaîné dans
» une prison [1]. »

L'éloquence, exilée de la Grèce, chercha un asile
et une nouvelle patrie chez un peuple qui ambition-
nait tous les genres de gloire et de supériorité. Les
Romains étaient sans rivaux dans la carrière des
armes ; ils s'efforcèrent de n'en point avoir dans
celle de l'éloquence. Si nous en croyons le témoi-
gnage de Cicéron, les premiers magistrats de Rome
furent orateurs. La forme du gouvernement, l'op-
position qui existait entre les patriciens et les plé-
béiens, et la lutte qui en était le résultat, les séditions
et les jalousies qui agitaient la ville, forcèrent les
tribuns et leurs adversaires à cultiver le talent de la
parole. Mais il dut se ressentir du caractère tout
guerrier des Romains ; il fut violent, farouche, impétueux. Les mœurs changèrent et s'adoucirent sous
l'illustre famille des Scipions. L'éloquence des Gracques énergique mais, insinuante, charma la multitude. Élevés par une mère dont l'âme était grande,
et l'ambition sans bornes, ils trouvèrent dans ses
leçons le goût de la véritable éloquence, la pureté
et l'harmonie du langage.

Tibérius se distinguait par de vastes connaissan-

[1] Longin.

ces, par un génie brillant et facile, par un enthousiasme qui entraînait. Il fit trembler les patriciens
en proposant la loi agraire. La noblesse était puissante : Tibérius fut puni de mort. Caïus n'écouta
plus que son indignation et la violence de son caractère. « Où me retirerai-je, maintenant? s'écria-
» t-il. Quel asile choisirai-je? Le Capitole? je n'y
» vois qu'un temple rougi du sang de mon frère.
» Ma maison? je n'y trouve qu'une mère en proie
» aux larmes et au désespoir. »

Mais en vain Caïus redemandait au sénat un
frère dont le sang coulait encore ; en vain, accusant
le peuple de faiblesse et de lâcheté, il lui repro-
chait d'avoir livré à la vengeance des patriciens le
défenseur de ses droits et de sa liberté : il eut le
même sort que Tibérius. « Ainsi périt le dernier
» des Gracques de la main des patriciens; mais,
» atteint du coup mortel, il lança de la poussière
» vers le ciel, attestant les dieux vengeurs; et de
» cette poussière naquit Caïus Marius, Marius,
» moins grand pour avoir vaincu les Cimbres, que
» pour avoir renversé dans Rome le pouvoir domi-
» nateur des nobles [1]. »

C'est ainsi que se développait l'éloquence politique, et qu'elle acquérait chaque jour plus d'autorité et d'influence au milieu des passions excitées
par les troubles civils. Jamais siècle ne présenta un
spectacle aussi grand et aussi imposant que le dernier siècle de la république romaine. Presque toute

[1] Mirabeau.

la terre connue lui était soumise : Rome était le centre de l'univers ; les rois et les souverains étrangers y venaient, en personne, implorer sa protection, s'humilier devant le sénat et le peuple, et briguer le titre de citoyen romain. Une foule de savans, sortis de la Grèce, avaient ouvert des écoles où l'on étalait avec pompe les beautés d'Homère, de Platon, de Démosthène. En vain le sénat, effrayé de l'ardeur et de l'enthousiasme de la jeunesse, bannit les rhéteurs et les artistes : les charmes de l'étude s'étaient emparés de tous les esprits, et le sévère Romain, qui avait proscrit les lettres et les arts, Caton reçut et mérita le surnom de nouveau Démosthène. Les redoutables tribunaux qui jugeaient en dernier ressort les citoyens, les rois et les nations étrangères, retentissaient des paroles éloquentes des Scévola, des Cotta, des Antoine, des Crassus. Hortensius, surnommé le roi du barreau, séduisait et entraînait ses auditeurs par la magie de sa déclamation. Tels étaient les hommes fameux qui occupaient les voix de la Renommée, lorsque Cicéron parut, et laissa bien loin derrière lui ses devanciers et ses contemporains.

La nature lui avait prodigué les talens les plus précieux, une imagination brillante, un génie fécond, une raison solide, un amour passionné pour les arts et pour les sciences, et une ardeur incroyable pour la gloire. Ces heureuses dispositions furent cultivées par un maître habile, Crassus, qui voulut diriger ses premiers pas dans la carrière de l'éloquence, tandis que le poëte Archias lui découvrait les richesses de la littérature.

L'application et les progrès de l'élève répondirent aux leçons de ces grands maîtres. Cicéron acquit, en peu de temps, assez de connaissances pour se distinguer au barreau ; mais les troubles qui déchiraient la république le condamnèrent au silence. La vue des dissensions intestines, la fureur des mauvais citoyens qui sacrifiaient à leur ambition le repos de la patrie, durent faire une vive impression sur son âme. Il apprit de bonne heure à observer les passions, et la connaissance du cœur humain lui aplanit les obstacles qui s'opposaient au début de l'orateur politique.

Dans Athènes, un héraut s'avançait au milieu de la place publique, et demandait à haute voix, au nom de la patrie, qui des citoyens assemblés voulait parler pour elle. Alors tout citoyen, quel qu'il fût, s'il avait le talent de la parole, se levait, et montait à la tribune. A Rome, un simple particulier ne pouvait pas, quand il voulait, haranguer le peuple, et parler à la tribune des intérêts publics. L'éloquence seule ne conduisait pas ordinairement aux honneurs. Il fallait une fortune considérable pour arriver aux charges importantes qui semblaient être le patrimoine des sénateurs et des patriciens. Toutes ces difficultés disparaîtront devant la fermeté, la persévérance et le talent de Cicéron.

Son premier discours fut un acte de courage. Il arracha le fils de Roscius à la mort et à l'ignominie dont le menaçait un puissant favori de Sylla. Son plaidoyer, rempli d'antithèses et de pensées brillantes, obtint les suffrages des juges et l'admiration du public; mais il ne se laissa point éblouir par les éloges. Au milieu des applaudissemens, une voix secrète l'avertit qu'il s'égarait, et il résolut d'aller puiser aux sources mêmes de l'éloquence et du goût. Il visita Athènes, Rhodes et les principales villes de l'Asie, recherchant les leçons et les entretiens des rhéteurs, et surtout des philosophes. Après deux ans d'absence, enrichi des dépouilles précieuses de la Grèce, il revint dans sa patrie, et réforma l'éloquence romaine qu'il porta au plus haut point de perfection où elle pût atteindre. Après avoir été questeur en Sicile, il se déclara le défenseur de cette province, où Verrès s'était rendu coupable des abus les plus révoltans. L'or de l'ancien préteur, l'appui de ses nombreux cliens, l'habileté d'Hortensius, son défenseur, cédèrent à l'énergique parole de Cicéron, à la vigueur de ses raisonnemens, à la finesse de ses railleries. Dès ce moment la république le proclama le prince des orateurs; il devint l'arbitre du barreau et de la tribune : il exerça une influence souveraine. Le tribun Cornélius fut accusé, au sortir de sa charge, pour avoir attaqué le sénat qui voulait s'arroger le droit de faire seul les lois : Cicéron le défendit, et il fut absous. Un autre tribun, Manlius, eut recours à la puissance de sa parole pour faire décerner à Pompée le gouvernement de l'Asie et le commandement de la guerre contre Mithri-

date. La proposition d'une loi agraire avait excité.
les transports et les acclamations de la multitude :
il parle, et la multitude repousse une loi populaire. On refusait le droit de cité au poëte Archias,
son maître et son ami : il fait l'éloge de la poésie,
et Archias est proclamé citoyen. Nous touchons à
l'époque glorieuse où l'on vit briller à la fois son
éloquence, ses vertus, la noblesse de son caractère
et son amour pour la patrie. Il avait été nommé
consul, lorsque Catilina, également redoutable
par ses qualités et par ses vices, et qui jusqu'alors
avait conspiré dans l'ombre, fit éclater ses crimi-
nels desseins contre la liberté de son pays. Cicéron
le foudroya au sénat, au Forum, par des haran-
gues où l'on ne sait ce que l'on doit le plus admirer, l'homme éloquent, ou le citoyen ferme et
vertueux. Cependant les conjurés vont mettre à
exécution leurs coupables projets : le consul en-
traîne le sénat, et les chefs de la conjuration ont
cessé de vivre. La sentence n'avait point été confir-
mée par le peuple. Clodius fit porter une loi qui
condamnait à l'exil quiconque avait fait mourir
un citoyen sans forme de procès. « Jurez, disait-
» on à Cicéron, que vous n'avez pas violé les lois. »
—« Je jure, répondait-il avec chaleur, que j'ai sauvé
» la patrie. » Ses ennemis l'emportaient : il quitta
la ville pour échapper à leur fureur ; mais on ne
put supporter long-temps son absence. Il fut rap-
pelé, et accueilli par les acclamations universelles
du sénat et du peuple.

Milon avait tué de sa main l'intrigant Clodius,

dont la famille et les amis étaient puissans. Cicéron, dans une circonstance aussi périlleuse, ne manqua point à l'amitié. Le succès, il est vrai, ne couronna pas ses efforts; mais son discours, chef-d'œuvre d'éloquence, nous montre en même temps la grandeur et la noblesse de son âme.

César, vainqueur de Pompée, était devenu maître de la république; Cicéron, fuyant le spectacle de la tyrannie, se retira dans la solitude, et demanda à la philosophie l'oubli des vices et des crimes dont il avait été le témoin. Il pouvait terminer ses jours dans le repos, loin des discordes civiles; mais César venait d'expirer sous le poignard de Cassius et de Brutus. L'amour de Cicéron pour son pays et pour la liberté le décidèrent à quitter sa retraite. Indigné des prétentions d'Antoine, qui, sous prétexte de venger César, voulait s'emparer du pouvoir; il tonna contre ce nouveau tyran, et se déclara pour le jeune Octave, qu'il croyait sincèrement attaché à la cause de la liberté. Octave se réconcilia bientôt avec Antoine et Lépide, et ce triumvirat formidable résolut d'anéantir le parti républicain, dont les chefs les plus illustres furent proscrits. Cicéron, trahi et sacrifié par celui dont il avait été le bienfaiteur et le guide, s'éloignait à regret de sa maison de campagne, lorsque quelques assassins firent arrêter sa litière. Il n'opposa aucune résistance, et présenta courageusement la tête; elle tomba sous la hache du client qui lui devait sa fortune et la vie.

Ainsi périt ce grand citoyen, victime de son

amour pour la liberté et de sa haine irréconciliable pour l'ennemi de sa patrie. Homme complet et universel, Cicéron comprit qu'un véritable orateur ne devait rien ignorer : il s'appliqua en même temps au droit, à l'histoire, à la philosophie surtout, et à la morale; il se souvint qu'il avait fallu un Platon pour former un Démosthène. On connaît son estime et son admiration pour l'orateur athénien, qu'il prit constamment pour modèle. « Je ne m'aviserai pas, dit Plutarque, d'entre-
» prendre la comparaison de ces deux grands
» hommes. Je dirai seulement que, s'il était possi-
» ble que la nature et la fortune entrassent en dis-
» pute sur leur sujet, il serait difficile de juger
» laquelle des deux les a rendus plus semblables,
» ou la nature dans leurs mœurs et leur génie, ou
» la fortune dans leurs aventures et tous les acci-
» dens de leur vie. »

L'âme est contristée, le cœur se serre, lorsqu'on songe à la destinée de ces deux illustres orateurs, et à la récompense de tant de vertu, de talent et de patriotisme. Ils ne légueront pas du moins à l'ingratitude des peuples la liberté et l'éloquence, qui descendront avec eux dans la tombe.

Cicéron, en composant ces immortels traités, objet des méditations des amis de la science et du goût, s'était promis sans doute que l'éloquence romaine ne périrait point; mais que pouvait-elle sans la liberté? Il l'a dit lui-même : « Les grandes
» assemblées sont comme un vaste théâtre où l'ora-
» teur déploie toutes les forces de son génie et

» toutes les règles de son art. Comme un habile
» musicien ne peut rien sans instrument, l'orateur
» ne saurait être éloquent s'il ne parle devant un
» grand peuple. » A cette époque, le peuple, cor-
rompu, avait abdiqué sa souveraineté et son pouvoir. Le sénat était sans autorité et sans force ; le
tribun ne parlait plus de sa liberté, et le *Forum*
ne retentissait plus que des clameurs des sophistes.

Cette éloquence républicaine, si puissante et si
impérieuse, s'affaiblit rapidement et disparut bientôt sans retour. Elle ne pouvait faire alliance avec
les monarchies absolues qui s'établirent dans toute
l'Europe. Les commotions politiques dont le moyen
âge fut le théâtre, donnèrent lieu sans doute à de
grandes et nobles inspirations ; mais « quand l'é-
» loquence élève une tête hardie au milieu des
» institutions qui la repoussent, elle est plus forte
» pour détruire qu'elle ne l'avait été pour sauver :
» elle meurt sur les ruines qu'elle a faites. Ainsi
» Rienzi, qui dans la Rome pontificale prétendait
» retrouver la Rome des Scipions ; Rienzi, dont
» l'antiquité eût fait un grand homme, mais qui,
» laissé seul à lui-même, entre les débris du Coly-
» sée et les inscriptions effacées des tombeaux
» entr'ouverts, redemandait la tribune des Grac-
» ques, et promettait de créer des Romains; Rienzi,
» avec son audace et son génie, ne semblait qu'un
» séditieux, et mourait oublié[1]. »

L'Angleterre eut, avant les autres contrées de
l'Europe, l'avantage de voir s'élever une tribune

[1] M. Villemain.

nationale , et de pouvoir citer avec orgueil les noms d'un grand nombre d'orateurs politiques. Il faut reconnaître néanmoins que l'usage où sont les pairs et les députés anglais de ne jamais prononcer de discours écrits , s'oppose au développement et à la perfection de l'éloquence parlementaire. « L'esprit » de Démosthène et de Cicéron a dicté plusieurs » traits de ce discours; mais ils ne passeront point à » la postérité comme ceux des Grecs et des Romains, » parce qu'ils manquent de cet art et de ce charme » de diction qui mettent le sceau de l'immortalité » aux bons ouvrages [1]. »

La révolution française éclate enfin, et vient révéler à la France une foule de talens oratoires qu'elle cachait dans son sein, et qui s'ignoraient eux-mêmes. En 89, le désordre était à son comble , dans les finances, à la cour, dans les provinces; la monarchie s'écroulait de toute part : le pouvoir n'existait plus. Autour d'un petit nombre d'hommes guidés par la conscience, la raison et l'amour de la patrie, s'agitaient les ambitieux, les intrigans et les égoïstes, qui voulaient que la révolution se fît à leur profit. A cette époque si nouvelle, époque de craintes, d'espérances et d'embarras, il fallait un chef, un homme de génie qui portât la lumière au milieu du chaos, qui aperçut le but, et dont la parole puissante imprimât le mouvement qui devait y conduire. Cet homme se rencontra. On apprécierait mal son génie et les services qu'il rendit

[1] Voltaire.

à la liberté, si l'on ne comprenait pas tous les obstacles qu'il eut à vaincre. Ses auditeurs sont des
hommes légers, superficiels, ignorant le passé,
sans prévoyance de l'avenir : il leur parlera le langage sévère du dévouement et du patriotisme. Dans
l'assemblée des états-généraux, composée de trois
ordres, fermentent des intérêts divers et des sentimens opposés; cette assemblée ne sait où elle va,
ni ce qu'elle doit vouloir : il lui donnera une position ferme, une attitude menaçante. La tribune
est là, en face de lui; mais comment l'aborder ?
Le talent de la parole demande une longue prépa-
ration et de sérieuses études : Mirabeau sera le créateur de cette éloquence improvisée qui va surpren-
dre et émouvoir la France entière; en un mot, il
fera plus que Démosthène et Cicéron. Qu'était-ce
donc que cet homme ? « Un noble devenu plébéien,
» un libertin renommé pour ses vices, une espèce
» de bègue sans aucune facilité de parole. En effet,
» Mirabeau avait la parole difficile; au commence-
» ment d'un discours il parlait comme un enfant,
» il était embarrassé, il hésitait, l'expression lui
» arrivait à de longs intervalles; on avait peine à
» l'entendre, peine à le voir; l'expression lui venait
» difficilement, il semblait l'aspirer avec bruit du
» fond de sa poitrine : on eût dit d'un profond sou-
» pir produit avec peine après une orgie. Ce n'é-
» tait que long-temps après l'exorde que cette
» parole embarrassée devenait abondante, pas-
» sionnée, colère; que cet œil s'animait, que ce
» visage se peignait de fureur ou de grâce, que

» ce front étincelait de malice et de génie, que
» cette vaste chevelure se dressait comme la cri-
» nière d'un lion en colère ou en amour; en un
» mot, qu'il devenait Mirabeau [1]. »

Suivons rapidement, dans sa carrière si courte
et si remplie, cet orateur prodigieux.

Les Communes se constituent en Assemblée nationale. Dans la fameuse séance du 23 juin, le roi
condamne la conduite de l'Assemblée, casse ses ar-
rêtés, et ordonne aux députés de se séparer.

Ceux du tiers ne quittèrent point la salle. « La
» liberté de vos délibérations, dit Mirabeau, rom-
» pant tout à coup le silence, est enchaînée; une
» force militaire environne l'assemblée. Où sont les
» ennemis de la nation? Catilina est-il à nos
» portes? Je demande qu'en vous couvrant de
» votre dignité, de votre puissance législative,
» vous vous renfermiez dans la religion de votre
» serment; il ne vous permet de vous séparer
» qu'après avoir fait la constitution. »

L'Assemblée ne se séparait point. Le grand-
maître des cérémonies vint lui rappeler l'ordre du
roi : « Allez dire à votre maître, s'écria Mirabeau,
» que nous sommes ici par l'ordre du peuple, et
» que nous n'en sortirons que par la puissance des
» baïonnettes. » Il fit aussitôt décréter l'inviolabi-
» lité des membres de l'assemblée.

Ce jour-là fut anéantie l'autorité royale. Ainsi
Mirabeau, dès son début, exerça une influence et

---

[1] J. Janin.

un ascendant invincible. Tout cédait à la vivacité
de sa pénétration, à la véhémence de ses paroles,
à l'énergie de son action. « Ce puissant mortel, à
» l'aise au milieu des agitations, se livrant tantôt
» à la fougue, tantôt à la familiarité de la force,
» exerçait dans l'Assemblée une sorte de souve-
» raineté [1]. »

Necker demandait une espèce de dictature finan-
cière : on faisait valoir les besoins urgens de l'état
et l'habileté du ministre. Cependant l'Assemblée
hésitait. « Votez ce subside extraordinaire, dit
» Mirabeau, et puisse-t-il être suffisant ! Votez-le,
» parce que si vous avez des doutes sur les moyens,
» vous n'en avez pas sur la nécessité et sur notre
» impuissance à le remplacer ; votez-le, parce que
» les circonstances politiques ne souffrent aucun
» retard, et que nous serions comptables de tout
» délai. Gardez-vous de demander du temps ; le
» malheur n'en accorde jamais.... La banqueroute,
» la hideuse banqueroute est là ; elle menace de
» consumer, vous, vos propriétés, votre honneur,
» et vous délibérez ! » L'Assemblée fut entraînée,
et la contribution patriotique votée au milieu des
applaudissemens universels.

Le terme des pouvoirs donnés aux députés des
États-Généraux était arrivé. Les adversaires de la
révolution demandaient le renouvellement de l'Assemblée, en invoquant la souveraineté du peuple.
Mirabeau monta à la tribune, et termina ainsi son

[1] M. Mignet.

discours. « Vous vous rappelez tous le mot de ce
» grand homme de l'antiquité, qui avait négligé
» les formes légales pour sauver la patrie. Sommé
» par un tribun factieux de dire s'il avait observé
» les lois, il répondit : Je jure que j'ai sauvé la
» patrie! Messieurs (en se tournant vers les dé-
» putés des Communes), je jure que vous avez
» sauvé la France. » L'Assemblée entière se leva,
par un mouvement spontané, et déclara que la
session ne finirait qu'au moment où son œuvre
serait accomplie.

Lorsqu'on proposa la loi sur l'émigration , loi qui
prononçait la mort civile de l'émigré et la confis-
cation de ses biens; Mirabeau s'écria que cette loi
était digne de figurer dans le code de Dracon , et
ne pouvait figurer dans les décrets de l'Assemblée
nationale. « La popularité que j'ambitionne, et
» dont j'ai eu l'honneur de jouir, n'est pas un
» faible roseau, c'est dans la terre que je veux
» l'enraciner, sur les bases de la justice et de la
» liberté. »

Cette séance fut la dernière pour Mirabeau :
« Il finit en peu de jours une vie usée par les passions et dans les travaux. Sa mort parut une cala-
mité publique; tout Paris assista à ses funérailles;
la France porta son deuil, et ses restes furent dé-
posés dans la demeure qui venait d'être consacrée
aux grands hommes, au nom de la patrie recon-
naissante. »

Plus heureux que les deux orateurs de Rome et
d'Athènes, Mirabeau mourut au milieu de ses illu-

sions et de sa gloire. L'éloquence de la tribune française, dont il fut le créateur, ne périt point avec lui. Si, comme l'a dit un historien de la révolution, il n'eut point de successeur en puissance et en popularité; si, dans les discussions difficiles, les regards de l'Assemblée se dirigèrent longtemps sur le siége d'où partait cette parole souveraine qui terminait ses débats, la tribune néanmoins retentit encore après lui de sublimes accens.

Elle fut muette sous le règne de l'homme extraordinaire qui avait enchaîné la liberté à son char de triomphe et de victoire. « Fermez les » écoles, et laissez parler le Sénat, disait un cour» tisan sincère à un empereur justement célèbre, » qui déplorait la chute de l'éloquence, sous son » empire[1] ». Le Sénat impérial parlait pour donner une apparence de légalité aux actes les plus monstrueux du despotisme. Le Corps-Législatif avait de la peine à conserver un vain titre qu'on s'efforçait de lui ravir. On désespérait peut-être de l'éloquence politique en France, lorsqu'elle reparut avec le gouvernement constitutionnel. Elle prendra désormais une physionomie nouvelle. Nous avons vu Démosthène s'efforçant de réveiller la haine des Athéniens contre l'ennemi commun de la Grèce; Cicéron défendant la liberté contre l'ambition de quelques citoyens puissans; Mirabeau renversant le pouvoir absolu, et proclamant les

[1] M. Villemain.

droits de l'homme. Aujourd'hui les haines natio-
nales s'affaiblissent ; les peuples se rapprochent
moins par les intérêts du commerce que par le
sentiment de l'indépendance et de l'égalité.

La liberté est conquise; mais une liberté théori-
que, un principe absolu, seraient stériles pour le
bonheur des peuples, si l'orateur n'en développait
les conséquences, et ne les mettait en harmonie
avec les mœurs, les besoins et la civilisation de ses
concitoyens; s'il n'obtenait, en un mot, toutes les
améliorations, tous les perfectionnemens dont les
institutions sociales sont susceptibles. Sa tâche est
belle, elle est immense; pour la remplir digne-
ment, il doit être universel, comme l'orateur de
Cicéron ; mais avant tout la philosophie, nourrice
de l'éloquence, *quasi nutrix oratoris* (Cic.), appelle son attention. C'est là seulement qu'il appren-
dra à connaître la destinée de l'homme, l'origine
de ses droits et de ses devoirs ; c'est là qu'il doit
chercher les principes éternels d'ordre et de justice,
la base des lois et de l'éducation : c'est dans la con-
viction religieuse qu'il trouvera une source féconde
d'inspirations oratoires : c'est en réveillant au fond
des cœurs le sentiment religieux , qu'il découvrira
la force de notre organisation morale, la puissance
de l'intelligence , de la vertu , de la probité , de
l'honneur.

La philosophie le guidera dans les réformes utiles aux lois de son pays : c'est elle qui lui fera
comprendre la nature du pouvoir, ses droits, la
légitimité de son action. Dépourvue de considéra-

tions morales, l'autorité n'est autre chose que la force : elle n'a par conséquent aucune garantie de durée.

« Que les autres étudient l'homme par parties ;
» l'orateur n'est point parfait s'il ne connaît, ne
» pénètre, ne possède l'homme tout entier [1]. »

L'histoire lui offre, à ce sujet, des ressources précieuses : en lui dévoilant les replis du cœur humain, elle lui fournira des rapprochemens utiles entre ce qui est et ce qui fut; il y acquerra le talent de deviner l'avenir. « *Historia, testis tempo-*
» *rum, lux veritatis, vita memoriæ, magistra*
» *vitæ, nuncia vetustatis* [2]. » Les citations historiques donnent à l'orateur une autorité imposante. C'est le vieillard dont l'expérience et la gravité captivent l'attention et les suffrages de ceux qui l'écoutent.

Les anciens recommandaient les voyages. Ce qui se passe sous nos yeux, les discours de nos législateurs en démontrent avec évidence les avantages et même la nécessité. On sert mal une nation lorsqu'on lui donne des conseils qui ne sympathisent point avec sa législation, ses mœurs, et le degré de civilisation où elle est parvenue. « Le commerce
» des hommes et la visite des pays étrangers sont
» donc nécessaires, pour en rapporter principa-
» lement les humeurs de ces nations, et leurs

[1] D'Aguasseau.

[2] Cicéron·

» façons, et pour frotter et limer notre cervelle
» contre la cervelle d'autrui [1]. »

L'orateur ancien était l'homme de la foule, devant laquelle il traitait les questions politiques les plus importantes : il parlait, et la décision suivait son discours. Il n'avait qu'un but, c'était d'émouvoir et d'entraîner ses auditeurs. L'émotion et l'enthousiasme, voilà les deux forces puissantes auxquelles il avait recours. L'orateur moderne parle au milieu d'une assemblée composée d'hommes instruits, éclairés, prudens, habitués à réfléchir : qu'il ne s'adresse point à leurs passions, mais à leur raison ; qu'il s'attache à convaincre : la raison et la logique sont les armes qui lui conviennent. Le Scythe Anacharsis ne dirait point aujourd'hui : Les sages parlent, et les fous délibèrent.

Il est très-important de connaître les mœurs et le caractère de son auditoire. C'est à nos assemblées délibérantes qu'on peut faire l'application de ces paroles de Roscius : *Caput artis decere*. La modération dans les idées, la modestie dans la manière de les exprimer, la confiance dans les lumières et les vertus de ses auditeurs, seront aussi favorables à l'orateur que le ton dogmatique et la prétention d'imposer ses opinions lui seraient nuisibles. « Savoir de quoi, dans quel dessein, à qui ou devant qui l'on parle ; et, dans tous ces rapports, dire ce qui convient, et comme il convient ; c'est l'abrégé de l'art oratoire [2]. »

[1] Montaigne.
[2] Marmontel.

L'ordre, la clarté, la précision, sont les qualités essentielles au discours. Le débit doit être grave et simple, l'action noble et conforme au sujet que l'on traite. L'action n'occupe pas aujourd'hui le rang que lui accordait Démosthène ; cependant l'orateur, dont les gestes, les attitudes, les mouvemens seraient négligés et la parole embarrassée, bien loin d'attirer l'attention, aurait le sort de ce député qui, voulant peindre la misère du peuple, et faire partager à ses collègues les sentimens de commisération et de douleur qui l'animaient, n'excita que le rire [1].

L'orateur n'attachera pas sans doute la même importance que Cicéron au nombre et à l'harmonie du style ; que sa diction néanmoins soit claire, correcte et même élégante. L'intelligence de son auditoire lui commande d'éviter avec soin une abondance inutile et les sophismes ingénieux ; ils nuiraient à sa cause, et l'on verrait s'élever aussitôt plus d'un Phocion pour ramener ses paroles à leur valeur. Qu'il suive le conseil de d'Aguesseau ; « que, prenant en main une lime savante, il » ajoute autant de force à son discours qu'il en re- » tranche de paroles inutiles ; imitant ces habiles » sculpteurs qui, travaillant sur les matières les » plus précieuses, en augmentent le prix à me- » sure qu'ils les diminuent, et ne forment les chefs- » d'œuvre de leur art que par le simple retranche- » ment d'une riche superfluité. »

[1] Séance du   septembre 1831.

Des conseils aussi sages seront-ils compris par
ceux qui ont consumé leur jeunesse à recueillir les
idées d'autrui, dont la pensée n'a pas été culti-
vée, et pour qui l'éloquence consiste dans la perfection du style et du langage? Notre éducation
publique, qui ne semble être autre chose que le
développement de la mémoire, demande une
grande et prompte réforme. On a substitué l'ampli-
fication à la chrie, et l'on s'est arrêté; et les élèves,
au sortir de nos écoles, sont condamnés à recom-
mencer leur éducation. Si la meilleure leçon d'éloquence est, comme disait Socrate, de ne parler
que de ce qu'on sait bien, que dirons-nous des
amplifications de nos jeunes rhétoriciens? « C'est
» cet art inventé, cultivé, élevé dans la Grèce à
» un si haut degré de gloire et de puissance, adopté,
» agrandi, et, à ce qu'il me semble, perfectionné
» chez les Romains, cet art qui faisait l'étude la
» plus assidue des Périclès, des Démosthènes; les
» plus sublimes entretiens des Crassus, des An-
» toine, des Cicéron et des Brutus; c'est cet art
» que, dans nos colléges, nous croyons enseigner
» à des écoliers de douze ans....... La plus dange-
» reuse habitude est de parler de ce qu'on ne sait
» pas ou de ce qu'on sait mal; et cette institution,
» qui a mis l'art de parler éloquemment avant
» celui de penser juste, et qui nous fait abonder
» en paroles dans un âge où nous sommes si dé-
» pourvus d'idées, est peut-être l'une des causes
» qui ont peuplé le monde de raisonneurs à

» tête vide, et de harangueurs importuns [1]. »

Les connaissances les plus étendues et les plus profondes en philosophie, en législation, en histoire et en littérature, ne formeraient point l'orateur, s'il n'y joignait les qualités morales. « Les » grandes pensées viennent du cœur, et les âmes » vertueuses sont seules éloquentes. » La sagesse, la probité, l'honneur et l'éloquence ne peuvent être séparés. Que l'orateur, homme de bien, soit ami de la vérité; car rien n'est fort que le vrai. Semblable au sage d'Horace, ferme et inébranlable dans ses principes, qu'il fuie la popularité qui ne s'accorde point avec les véritables intérêts de son pays. Pour lui comme pour Cicéron, la vraie gloire ne consiste point dans la vaine fumée de la faveur populaire, ni dans les applaudissemens d'une aveugle multitude; c'est une grande réputation fondée sur les services qu'on a rendus à ses amis, à sa patrie, au genre humain.

L'homme droit, honnête, incorruptible, est puissant par une autorité personnelle, un ascendant honorable qu'il doit à ses vertus. Voyez cet orateur dont le silence trop long affligeait les amis de la patrie et de l'éloquence; il se dirige vers la tribune; tous les cœurs sont émus, tous les esprits sont attentifs; il parle, on écoute avec recueillement : *In homine virtutis opinio valet plurimùm* (Cic.).

L'horizon s'est agrandi aux yeux de l'orateur

[1] Marmontel.

moderne. Sans doute un amour ardent, actif pour ses compatriotes , sera sa passion dominante; mais dans son âme l'amour de la patrie n'est pas exclusif; il ne dit point : Chacun chez soi, chacun son droit; il sent que le patriotisme ne doit plus être égoïste, et que le mot de nationalité tend chaque jour à s'effacer du vocabulaire politique: en un mot, il est à la fois le défenseur des intérêts de son pays et des droits de l'humanité. Une vocation aussi grande et aussi noble lui impose des études sérieuses, des devoirs difficiles, et d'immenses sacrifices. Démosthène voulait que l'homme d'état fût à la tête des événemens pour les diriger; il faut que l'orateur français soit à la tête de la civilisation; car, « la France est l'avant-garde de l'humanité » marchant à la conquête de l'avenir [1]. »

Vu et lu, à Paris, ce 15 octobre 1831.

N.-E. LEMAIRE,

Doyen de la Faculté des Lettres ,
Académie de Paris.

Permis d'imprimer.

L'inspecteur général des études, chargé de
l'administration de l'Académie de Paris,

ROUSSELLE.

____

[1] **M. de la Mennais.**